함박눈 내리는 날

함박눈 1

강금순

삼팔선 넘어 이천리 한양 길
열네 살 남동생 손잡고
안내원 따라서 집 떠나던 날
함박눈이 펑펑 내렸다.
어머니는 짚신과 지팡이를 챙겨주시며
어찌 되든지 잘 먹고 정신 바짝 차려야 한다고
열일곱 나를 꼬옥 안아주셨다.

기적이 울리고
기차가 안 보일 때까지
손을 흔들며
함박눈 속으로
가물가물 멀어져 가던
어머니.

아흔네 살인 지금도
눈 내리는 날이면
함박눈 속으로 아스라이
내려오시는
우리 어. 머. 니.

엄마의 등

태란영

어느 날
배가 아파 쩔쩔매는 어린 딸을
애처롭게 바라보던 엄마가
바느질 바구니를 밀어놓고 등을 돌려주셨다.

엄마 등에 올라
눈을 감았다.

아프던 배가 편해지고
잠에 빠졌다.

따뜻하던 엄마의 등
아, 그리운 엄마!

함박눈 내리는 날

강금순·태란영 2인 시집

곰곰나루

함박눈 내리는 날

차례

제1부
강금순

제2부

태란영

제1부
강금순

꿈에 만난 그이

흰 옷에 허리띠를 맨 남자 한 분이
걸어야 합니다 걸어야 합니다
함께 바닷가 인도를 걷고 있습니다.
씩씩하게 활기차게 걷습니다.

걸어온 길 앞길이 저 멀리 보입니다.
태평양 건너 고향 소식 싣고 오는
파도소리 철석철석 속삭입니다.
이십리 삼십리 걸은 것 같습니다.

걸음을 멈추시고
이만하면 됩니다 감사합니다
이만하면 됩니다 순간 사라졌어요.
꿈이었어요.

생시같이 둘이서 힘차게 걸었는데
참 좋은 꿈이라 감사기도 드렸습니다.

〉
무릎이 붓고 물이 차고 뚝뚝 소리 나고
주사기로 물 빼내고 고생 많이 했습니다.

수술하라는 것 마다하고
주님께 제 다리 고쳐 주세요
매번 머릿속을 스쳐갔습니다.

허리 무릎관절 다 나았습니다.
기적의 역사가 임하셨습니다.
주님께 감사와 찬미 영광을 드립니다 아멘.

운 좋은 날

시민권이 없으면 추방이란다.
한인 주소록의 시험문제
열심히 공부했다.

엘에이 중앙일보 본사 이층 교실에서
필기시험 답안지를 받는 순간
가슴이 두근거린다.

다행히 아는 문제가 많이 나왔다..
두 문제는 아무리 생각해도 기억에 없다.
시험관이 보고 두 개 틀린 것은 합격이란다.

$35 머니 오더 누구 사가세요.
네 여기요, 내가 사겠소.
이층에 올라가 정식으로 접수했다.

삼 개월 후에 올 메일 박스를

눈앞에 그리며
집으로 돌아왔다.

이름을 바꾸다

시민권 인터뷰 날입니다.
강당에 수험생이 대기 중입니다.

김 캥
김 캥 호명을 해도 나서는 사람이 없습니다.
집 주소를 부르니 강금순 나의 이름입니다.
나갔습니다.
합격을 했습니다.

이름을 바꿀 의향이 있습니까?
네-
대답하는 순간 사시나무 떨 듯합니다.
조상님이 지어주신 이름을 바꾸다니
조상님의 벌칙이 내렸습니다.

시험관이 당황합니다.
긴장하면 그럴 수가 있다며

미지근한 물 한 컵을 가져다 줍니다.

싸인을 하라는데 머리가 백지가 됩니다.
아무 생각이 안 난다고 하니
시험관이 크게 적어 주면서
이것 보고 쓰라고 합니다.
떨면서 싸인을 했습니다.

주막집 삼일

오십 년 만의 폭설이다.
교통이 두절이다.
삼팔선 근처 단 하나뿐인 오두막 주막집
가시 방석 삼일을 지냈다.

남동생 열네 살 기활이가 숯 포대 실은 트럭 타고
서울 아버지께 전보 치러 춘천에 갔다.

어제 떠난 아이가 오늘도 오지 않아
동생 마중하러 삼팔선을 향해 걷는다.
얼음길은 어둡고 무섭다.

차가 없어 터벅터벅 걷던 중 기와집을 보고 들어서
니
개 짖는 소리에 주인이 나와
기활이를 안고 들어가 먹이고 밤새 옷을 말리고
지팡이와 주먹밥을 받아 가지고

누나를 찾아 삼팔선을 향해 오고 있었다.

해질 무렵
철원강 저 건너편에서 작은 아이가
산옥이 누나 부르고는
주저앉아 버렸다.
안내자가 뛰어가 업고 왔다.

그때 걸린 발의 동상으로
지금도 남의 살이 되어 있다.

함박눈 1

삼팔선 넘어 이천리 한양 길
열네 살 남동생 손잡고
안내원 따라서 집 떠나던 날
함박눈이 펑펑 내렸다.
어머니는 짚신과 지팡이를 챙겨주시며
어찌 되든지 잘 먹고 정신 바짝 차려야 한다고
열일곱 나를 꼬옥 안아주셨다.

기적이 울리고
기차가 안 보일 때까지
손을 흔들며
함박눈 속으로
가물가물 멀어져 가던
어머니.

아흔네 살인 지금도
눈 내리는 날이면

함박눈 속으로 아스라이

내려오시는

우리 어. 머. 니.

함박눈2

철원역에서 풀려나
숯 포대를 산더미처럼 실은 트럭을 타고
깜깜한 삼팔선 경계선에 다다랐다.
엄동설한이다.

지인 집에서
누가 잡으러 오는 것 같아
뜬눈으로 밤을 새웠다.
아침 시골밥상에 올려준 닭백숙을 보니
밥을 많이 먹어야 산다
엄마가 하던 말이 떠오른다.

함박눈이 펄펄 나린다.
안내자와 열네 살 기활이가 앞장서서 걸어가고
함박눈 쌓인 길은 치워도 치워도
이젠 허리까지 차오른다.

이십리, 멀고 먼 길은 저 산 밑에 보인다.
다시 기운을 차려야겠다고 다짐한다.

초가집 저녁 굴뚝에서 하얀 구름이 손짓한다.
어서 어서 힘내라고.

오십 년 만의 폭설이다.

햄버거 가게가 태어나던 날

햄버거 가게에 실습을 갔다.
재료가 수십 가지다.
가게 모습을 꼼꼼히 담아왔다.

엘에이 서쪽 한국일보 근처
대형 재료 도매상이 줄 지어 있다.
번쩍이는 물건들이 산더미 같다.

운송 배달이 왔다.
순서대로 장비를 설치하고 텅텅 빈 자리를 채우니
햄버거 가게가 생겨났다.

작은 기적이었다.

고국방문

경주
불국사
설악산
덕수궁
경복궁
남산 타워
방방곡곡 어디를 가도 손색없는
국제도시
대한민국을 자랑합니다.

조상님들의 지혜와 진리가 담긴
훌륭한 업적들
가슴에 새겨둡니다.

곤드레밥

단짝 친구가 오늘은
곤드레밥 먹으러 가요 한다.

철판 위에서 지글지글
곤드레요 지긋이 속삭인다.

구수하고 생소하고
처음 시식해 본다.

이거 바다에서 나는 풀이오, 산에서 나는 산나물이
오?
농촌에서 재배하는 산나물이란다.

다음 파티엔
곤드레를 만나러 가야겠다.

기도

기도는
거룩하신 양식의 보물이다.

기도는
생활 속에 지혜와 길을 인도하시는 무기다.

기도는
의로움 은총의 축복이 넘치는 보물이다.

노을 끝자락

덜컹거리는 고향 가는 버스 속에서
무심히 쳐다보는
늦가을 하늘
새의 화려한 날개처럼
펼쳐 있는 저 노을

먼 옛날
우리와 머물렀던 그 노을보다
철이 든 것 같아

밤하늘에 쫓겨가는
저 노을
세월 속에 밀려난
우리의 추억 같아

사진 통에 넣을 수도 없어
가슴에 품어보는

저 노을 끝자락에
눈시울이 젖어오네.

등산

지난주 ICE House Canyon
토요 등산회에서
산 오름 내내 계곡의
물 흐르는 소리가 마음을 흔들었습니다.

하나님의 오묘한 신비함에
새삼 감사한 시간이었습니다.

캐년을 산책하노라니
구름은 흘러가고
새 소리, 바람소리,
대자연의 신비로움에
아름다운 느낌들이
새로운 활력소가 되었습니다.

등산으로
상쾌한 대자연의 기를

한아름 가득 선물 받았습니다.

이 세상이 무척 아름답습니다.
행복합니다.

사랑하는 모든 친구들에게도
기와 사랑을 전합니다.

명태

명태는 형제가 여섯이다.
동태 명태 생태 황태 북어 노가리새끼.

황태는
엄동설한 덕장에서 모진 고역 치르고야
황태로 변한다.
잘못 타고 나왔나
방망이로 뼈가 부서질 때까지
매를 맞아야
비로소
솜털같이 연한 먹거리로 밥상에 오른다.

동태는
가마솥 된장국 팔팔 끓을 때
한 두름 넣고
대파 마늘 넣으면 시원한 동탯국이 된다.
진달래꽃 만발한 고향집에

숨차게 뛰어와
시원한 동탯국을 맞는다.

다섯 형제 둥근 상에 둘러앉히고
부모님은
생선가시 발라내고
우리들에게 밥술 위에
얹어주셨다.

사무치게 그리워지는 어린 시절
지금도 명태를 보면
보고 싶어지는 우리 어머니, 아버지
내 가슴 울린다.

박하 만년필

누님
박하 만년필 아시나요?
친구가 누님 원고 쓰시기에 좋다고
선물한대요.

동생이 박하 만년필을
어떻게 알아?

그 옛날 어렴풋이
울 아빠 양복 윗주머니에
나란히 꼽고 다니시던
그 귀하고 비싼 박하 만년필

옛날 옛집에 가서
박하 만년필로
찬란한 하늘에 그려봤습니다.

꿈

어젯밤 꿈을 꾸었어요.
어릴 적 엄마 따라
뽕잎 따 한아름 안고 오다
밭고랑에 뒹굴었지요.

산더미 뽕잎 자루 던져버리고
급히 뛰어오시던 어머니
어디 다친 데 없니?

나를 업은 어머니
너른 등이
꿈속에서도
참 따스했어요.

어머니 생각

장터 가실 때
앞뜰 배나무에 노란 배 따 어린 손에 쥐어주신다.
가득한 장바구니 이고 서둘러 돌아오시던 어머니.

둥근 밥상에 둘러앉아 자반고등어 숯불에 구워
저녁 먹던 모습 떠오릅니다.

쌀뜨물 받아 머리 감기고 머리태 윤이 나고 탐스럽
다 하고
등잔불 밑에 때때옷 지어 입혀놓고 끌어안아 주시던
어머니
생각납니다.

아홉 살 초등생 책보 어깨에 메고 구비구비 이십리
강줄기 따라 걸어서 마을 앞 강가에 서서
어머니를 불렀지.

엄마~
산천에 메아리치면
어머니는 뛰어나와 산옥아~

나를 업은 어머니 둥실 두둥실 강을 건너고
뒷산에 진달래는 만발하고
따뜻한 봄날이었지요.

아흔네 살 산옥이가
아홉 살 적 포근했던
어머니 품을 생각합니다.

우리 아버지

가슴앓이 홀어머니 혼자 두고 떠날 수 없어
유학도 포기한 외아들
우리 아버지.

문맹퇴치 앞장서 온 동네
이름 편지 쓰기 가르쳐
어린 나이에 훈장 되었지.

일제강점기엔
만주 땅 독립군에
군자금 조달하고

해방 일엔
혈서로 태극기 만들어
시가행진하며 독립만세 외치시던
아버지
우리 아버지.

〉
지금도 눈에 선한
아버지
우리 아버지.

준 개근상

오늘은 글사랑 학교 가는 날
버스 타면 십오 분 거리
정류장에 NO STOPING이 길게 보인다.
한 정거장 가면 되겠지.
걷고 또 걸었다.
똑같은 싸인이다.

뒤돌아보니 반쯤은 온 것 같다.
이제 수업시간이 넘었다.
터벅터벅 걷는다.
길가 긴 의자에 철석 앉는다.

이영미 선생 전화가 온다.
전화하면 바로 모시러 갔을 텐데.

집이 보인다.
용기를 내서 도착해 보니 12시 20분

세 시간 강행군이었다.

아쉽다.
개근상을 놓쳤다.
준 개근상도 있나요?

고향생각

엄동설한 겨울방학에
열네 살 남동생 데리고
안내자 따라
철의 장막 삼팔선을 넘어야 한다.
외할머니와 엄마는
이삼일 걸려 수수엿 만들고
하얀 경단 양푼에 담아
고이 싸 가슴에 안고 큰 돌바위 위에 정중히 놓고
두 손 합장하고 비비고 기도하시던 외할머니
기차가 안 보일 때까지 손 흔드시던 모습 눈에 보인
다.
인민군 눈 피해 고향산천 등지던 마지막 순간이다.
수수엿 두 판대기 이고 가다
철원역에서 감시원에게 잡혔다.
아편이라 호통 친다.
난로 옆에 있던 장작으로 내리쳐 먹어보더니
아 맛있다 엿이다

이 한 판대기 다 가져요
응 가거라 잘 먹을게
현기증이 생긴다.
풀려나와 보니
안내자와 기활이가 떨고 있다.

구사일생 서울에서 아버지를 만났다.
밤하늘의 별을 보며
고향생각에 잠긴다.

인구조사

부모형제 일곱 식구
삼팔선 넘어와
해방촌 판잣집에 세 들어 살고 있을 때
이남에 가면 김용선 훈장 집을 찾아가거라
하나 둘 셋 넷… 아홉 명 남자들이 찾아왔다.
9 + 7 = 열여섯 식구가 됐다.
마루 밑에 신발이 서른두 짝이다.
엄동설한 어머니와 나는 문짝도 없는 마루에서 잤
다.
어머니는 가마니 쭉 둘러놓은 부엌에서 밥을 지으신
다.
해방 후 미국 구호미가 배급 나왔는데
판잣집 건너 방 유령인구가 구호미 타갔다고
새벽에 인구조사가 나왔다.
조사원이 이름을 부르면
네 네 네, 열여섯 식구가 대답을 했다.
오히려 화가 나

미닫이문을 확 열어젖히더니
줄행랑을 쳐 가 버렸다.

칠십 년도 넘은 그 일이 눈앞에 선하다.

여름밤 수박

여름방학
여덟 살 기활이 데리고
십리 길 외할머니 집에 갔다.
할매 뛰어나와 아이고 내 새끼들 왔나!
얼싸안는다.
둘째외삼촌
우물 속에 밧줄 들어올리니
수박 한 개 따라 올라온다.
온 식구 마당에 둘러앉아
하모니카 연주하고
저녁하늘엔 별빛이 총총하다.
아흔세 살 지금도
하모니카 소리 들려와
평생 처음 시를 읊는다.

증인

소학교 3학년 어느 야밤
아버지는 문고리 열어놓고 기다리고
솜옷 털모자 긴 장화의 검은 그림자가
방으로 든다.
오들오들 떠는 사이
웅성웅성하더니 어느새
재빨리 방을 빠져나간다.
지하운동 하는 외삼촌이
형사의 감시망을 피해 중국 상해로 갔다.
만주 땅 독립군에게 아버지는
군자금을 조달했다.

제2부
태란영

아빠

해방이 되자마자
초등학교에 입학했다.
짧은 문장 하나를 열 번씩이나 써오란다.
쓰고 또 쓰고 나서
매번 아빠에게 보여줬다.
그때마다 아빠는 아주 잘 썼구나 하셨다.

문장 한 구절을 읽어 오라고 했다.
아빠와 마주 앉아서
읽고 또 읽었다
아빠는 매번 아주 잘 읽었다고 하셨다.

학교에 가면 언제나
선생님은 내게 먼저 읽어보라고 하셨다.
그럴 때마다 내가 기쁘게 읽으면
선생님은 항상 미소를 지으셨다.

읽고 쓰기를 아주 좋아했다.
언제나 읽을 것도 많고 쓸 것도 많아서
밖에 노는 아이들이 나를 이상하게 생각했다.

평생 쓰고 읽던 아빠
아동 심리학을 읽으며
우리들 성장 과정을 기록하던 아빠
이젠 침묵하시는 아빠

그 많던 아름다움 모두
허공에 날려버리신 걸까.
아니면 어디엔가 묻어두신 걸까.

엄마의 등

어느 날
배가 아파 쩔쩔매는 어린 딸을
애처롭게 바라보던 엄마가
바느질 바구니를 밀어놓고 등을 돌려주셨다.

엄마 등에 올라
눈을 감았다.

아프던 배가 편해지고
잠에 빠졌다.

따뜻하던 엄마의 등
아, 그리운 엄마!

인고

전쟁터

철창 속 고문과 고초
절망과 고통

삶의 근원이 뿌리째 뽑힌 현실
인고는 어디까지냐.

거미줄 늘인 흰 구름은
말없이
흘러흘러 어디로 사라지는가.

풋사랑

목소리만 들려도
뒤돌아보고
길에서도 찾아보고

학교 길에서도
교실에서도
내 눈을 사로잡은 키 크고 눈 큰 학생

어쩌다 우리 집 앞을 지나가면
재빨리 숨어버렸지.

책상에 앉아 숙제하는데도 앞에 어른거리고
자려 하는데도 내 눈앞에 있었네.
매일 가슴 두근거리고
얼굴 화끈거리고.

이제 뒤돌아보니

초등학생 어린 내가
그 남학생을 사랑했나 봐.

인권 3

여선교회 전국연합회 주최 인권세미나
100년의 흑인 노예 역사가 펼쳐졌다.

비명도 삼키고 함구 무저항으로
억울하게 죽임 당하고 피 터지던 그들
검은 피부가 무슨 죄인가?

백인들 우월감의 극치인 잔인성은
처절하고 잔혹한 세월 속에 무덤처럼 묻혀버렸다.

일제강점기 조국독립운동으로
흑인들의 노예해방운동으로
스러진 수많은 얼들
상처들 세월이 어루만져 없애버렸지만
지울 수 없는 얼룩 영혼에 남았다.

물그림자

천천히 내 팔 의지하고
호숫가를 걷던 당신
피곤하면 아무 벤치에 앉았지.

호수의 오리들
한없이 바라보던 당신
나는 그 모습 한없이 지켜보았지.

오리들의 대화를 듣고 있는가.
그 물빛 속에 나를 보고 있는가.
당신 눈 속에 내가 있음을 나는 알아.

그리움인가.
슬픔인가.
아름다움인가.

머나먼 길

삭신삭신 아픔들
나를 끌어안고

고독과 적막을
내가 품고 사랑하고 있구나.

옛날은 아득하다
내일 또한 아련하다만

머나먼 길 내가 갈
나의 본향인가.

그곳에는 나를
반겨줄 그이가 있겠지.

당신 꿈

언제 오셨나.
다정스레
내 손 잡고 있네.

그리웠다는 내 너스레
말없이 미소로 바라보더니

꽃잎이 떨어지자
내 손 살며시 놓고
혼자 올라가셨네.

환한 미소만
내 가슴에 스며들어 가득하니
나는 어찌해야 합니까.

그대 손을 잡고

여린 풀 한포기가
숨 막히는 폭염에 목이 타들어가도
의연하다.

고목이 잎을 틔우고
산등성 돌 틈에서도 꽃이 피어나
묵묵히 서 있는 것은
당신을 사랑하기 때문이다.

오늘 하루 만이라도
좋은 생각만 할 것이다.

초록빛 햇살이 손을 내민다.
그대 손을 잡고
오늘은 음악이 흘러가는
강물이나 되어야지.

당신을 기억하는 큰 바위로
무심하게 앉아서
조팝나무 꽃을 피우는
생각을 하루종일 해야지.

가깝고도 먼 길

가장 조용한 시간에
고독이란 아픔이 나를
한순간에 끌어안는다.

목숨을 아끼고 사랑하기 위해서
밤하늘 쳐다보니
흐릿한 별 한 개가 눈을 맞춘다.

빛으로 찾아오는 당신의 눈빛
옛날처럼 나를 사랑하고 계시니
지구라는 별에서
마지막 만남이 아니기를.

머나먼 길
내가 가야 할 본향에서
당신을 만난다면

그대와 내가
꽃이 되고 풀이 되어
오늘처럼
밤하늘을 밝힐 수 있을까?

비 맞는 외등

창문에 흐르는 빗물
불빛에 흔들리고

외등 쉴 새 없이
꺼졌다 켜졌다 하네.

다시 오지 못할
먼길 떠난 그이 기다리며

하염없이 껌뻑이는 외등은
지금도 비 맞으며 기다린다.

아들의 고민

농사가 삶의 전부라며
농장만 늘려 가는 아버지
한도 끝도 없는
일에 얽매인 늙어가는 어머니

어머니가 헤어날 길은
농장 정리뿐
고집 센 농부 아버지
아들 간청 완강히 반대한다.

의사도 접고
농장에 개입하는 것이
어머니 쉬게 하는
오직 한 길이라는 아들

어머니
가슴 미어진다.

80세 동생 생일

인생 80

천태만상의 삶 속에 유일한
내 동생이 맞는 80 생일.

전쟁 중에 어렵사리
초등학교 2학년에 편입하더니
월반을 거듭하여 3년 만에 졸업을 했지.
중학을 다니는 것이 그렇게도 힘들었던지.

눈물도 피곤 따위 모르는 듯
쇳덩이처럼 살며 자녀를 거두더니
교수로 의사로 엔지니어로 특수교육인으로
우뚝 세워놓았지.

그의 80 인생을
누가 감히

비교나 할 수 있겠나.
평할 수가 있겠나.

값진 그의 80 생일
내 자랑이요 보람이요
인간 승리다.

모진 매듭

쾅
굉음과 함께
네거리 한복판에서
한 바퀴를 도는가 하더니
건너편 전선대 밑에
반대로 급정거를 한다.

순식간에 사방이 스쳐갔다.
검은 옷차림의 남자가
내게 다가오고 있었다.
차에서 내려 무슨 말이라도
해야 할 것 같은데 도무지
입도 문도 열리지 않는다.

순경이 다가와서 찌그러진 문을
부수듯이 열어젖혔다.

구급차가 나를 태워가려고
기다리고 아이들이 오고

꿈이 아닌 현실에서

차가 실려가고
나는 차와 함께
그림자처럼 사라진 것이다.

총명도 분별도 흐트러진
80 넘은 내가 홀로 남겨졌다.

구멍

느닷없이 발이 묶이니 왕래가 없다.
생각나는 얼굴들 낯익은 음성들
희미한 흔적뿐이구나.

만질 수도 없고
보이지도 않는
아름드리 구멍이 내게 있구나.

지난 내 80년을
모두 삼켜버렸나.

어차피
나 혼자 왔으니
나 혼자 갈 것을.

큰 구멍
빈 가슴에

품는다.

이런들 어떻고 저런들 어떠랴

세월 따라
모두 갔구나 젊은 날 맑은 꿈.

절망으로 발버둥 치니
벼랑 끝에 세워지는구나.

친구가 무엇이냐
돌아서면 남이고 기억조차 않는 것을.

친구 없음은 인생 실패자라고
그게 다 뭐 대수냐.

어차피 혼자 왔다 혼자 가는 것을
이런들 어떻고 저런들 어떠랴.

나 여기까지 데려왔으니
세월아

이제는 우리 함께 가자.

벌레 먹은 양심

드넓은 사과농장
무르익은 열매들
과수원 밭에 널려 있네.

색깔 고운 낙과들 아까워
갖다 먹으라고 농장 열어주었더니
나무에 정품들 깡그리 따간 농가 이웃들.

산천은 드높고 푸르른데
시골 농가의 양심들
벌레 먹었구나.

고령의 옅은 상심

여린 풀포기도
숨 막히는 폭염 목 타는 갈증에도
의연하기만 한데

고목도 이파리 틔우고
산등성 돌짝에도 꽃을 피우며
그래도 교만하지 않은데

이름 없이 사라지는 들풀조차
한들거리며 속삭임하는데

세월 따라
퇴색되는 내 모습 무의미로 일관하는 이 심성이
왜 이리 슬픈 건가, 왜 이리 억울한가.

갈색 낙엽수

내가 태어난 것이
잎을 내기 위해서였나
잎을 떨구기 위해서였나.

하늘이 높아지고
바람이 시원해지니
나뭇잎들 붉은색 갈색 노랑색으로 바뀌네.

갈색 잎이 생각에 젖는다.
여리고 보드랍게 태어났는데
한여름엔 푸르름도 무성했는데

소박한 꿈도 있었는데
용기도 충천했는데
새 어린 잎들 사랑했는데

뜨거운 바람 억센 바람도

부드러운 바람도 있었지
어느새 갈색이 되었구나.

땅에 떨어져 이리저리 뒹굴며 뒤돌아보니
내가 태어난 것은 원래
잎을 떨구기 위해서였나 봐.

마지막 전주곡

달랑 한 장 남은 달력
숫자 서른한 개가 줄지어 섰다.
하나씩 지워져 갈 날짜들
내 지난 여러 날들을 떠오르게 한다.

초롱초롱 빛나는 눈동자는
엄마 아빠 선생님 자랑스럽게 만들었다.

6.25 동란이 소녀의 꿈을 앗아갔지만
간호사로 선구자가 되어
엄마 동생들 비행기 태워
태평양 건너게 하니
그들 꽃피우고 열매 맺었지.

지난날들이 고행인 줄 알았더니
희망의 길목이었다.

한 장 달력 한 장에
지혜롭고 관용하는
성숙한 어른의 꿈 이루겠다고
적어 놓아야겠다.

남은 나의 날들

하고 싶었던 일들 너무 많다.
80이 넘어 어렵사리 한 가지
수필 형식의 자서전을 펴냈다.

남은 수필들도 많다.
하나도 버릴 수는 없다.
시도 쓴다만
열심히 쓰지 못한 것 같다.
잡은 기둥이 곧지가 않고
흠집투성이다.

때론 눈도 감고 귀도 막아야 한다만
흔들리고 놓아 버리고 싶고
의지가 없어졌다.

에라
어차피 모순투성이 세상 아닌가.

삼키고 넘기고 인내하다 보면

세상을 초월하는
깊은 바다 속의 고요함
넓은 광야 우주가 내 품에 안길 때

그때
차분히
모두를 마무리하자.

나머지 수필도 마저 묶어
시집도 내고
남은 나를 정리해 보리라.

큰댁 가던 언덕 고갯길

큰댁 가던 언덕 너머 길
언제나 나를 반겨주던
키 큰 살랑거리던 노랑꽃들.

어느 날
흙더미로 멀리 밀려나
뒤편에 남 가엾게 서성거리네.

하루는 보니
중국 교회 건축 간판이 섰네.
꽃들 춤추던 곳이 공사장이 되었네.

이제
큰댁 두 분 모두 멀리 재로 날려갔네.
내 눈에 아련한 노랑 살랑거림도 없네.

모두 없네.

나만 있네.

봄이 왔다고

현관 옆에 노랑꽃들이
활짝 웃고 있다.
언제 그렇게들 피었나?

뒤뜰 푸른 담장에
빨강 새순들 반짝거린다
수없이 고개를 내미는 새싹들.

구석진 담장 밑 수선화도
잎을 피우고 꽃대 올리고 있다
물 한 방울 준 적 없는데.

주방 들창 밖
앙상하던 감나무도
엷은 연둣빛 잎들 나부낀다.

개구리도 맹꽁이도

눈 비비며 기지개 펴겠지?
나도 오늘도 눈을 떴다.

밤낮 빗방울 뿌리고
바람 흔들어대더니
모두를 깨웠구나.

봄이 왔다고.

민들레

한때
내 그리움으로 피어나던 봉선화
사무쳐 잊혀지지 않는 그대

견딜 수 없는 울음을 참고 견디다
그 엷은 꽃송이마다
내 마음을 매달아 두었지.

청잣빛 같은 그 사람은
끝내 가까이 오지 않고
그냥 그 꽃자리에 앉아서
푸른 하늘만 쳐다보고 있었네.

사랑의 습관처럼
봉선화는 홀연히 바람 따라 가버리고

항상 울타리 밑에 피어 있는 민들레가

노랗게 웃으면서
'사랑은 노랑색이야'
오늘도 처마 밑에
가득하게 누워서
민들레 꽃그늘 하나
만들어 놓았네.

손편지

아침 산책길 내리막길에
후추나무 대여섯 그루 서 있다.

산책하러 갔다가 산책은 못하고
후추 향 나는 친구들이 생각났다.
생전에 한번쯤은 손편지를 써서
안부와 함께 그립다는 말을 하고 싶었다.

해마다 눈 밑에서 푸른 보리가
그리움과 아픔을 꽁꽁 묶어서
새벽마다 종종걸음하는 참새들에게
안부 전하는 것을 왜 몰랐을까.

나도 안부만 묻지 말고
몽당연필을 찾아 줄친 공책에
꾹꾹 눌러서 보고 싶고 사랑한다는 말을
손편지로 썼어야 했다.

〉
내 간절한 마음이 오늘 아침
후추나무에 걸려서
내려오지 않는다.

금사슬 여행길

오랜만에 오른 여행길
여유롭게 떠났는데도
차들이 기어가고 있네.

창밖이 어둑해지니
앞차 궁둥이만 짜증스레 눈에 박힌다.
속절없이 움찔대는 차들
숨이 막힌다.

지겨워 샛길로 빠졌더니
사막으로 점점 깊어들고
줄줄이 서서 찔끔거리기는
매 마찬가지.

하늘에 별들이 반짝이고
길 위엔 금사슬이 반짝이네.

끝없이 길고 긴 금사슬
만나고 얽히고설키고
반쪽 지구 거미줄로 덮었구나.

호텔에 짐을 푸니 오밤중
꿈속에도 반짝이는 거미줄 끝이 없고
그 사슬 위에 내가 가고 있구나.
어디로 가는가.

팜 스프링의 조용한 아침나절

골프 연수 차 한국에서 온 어린 조카를 만나러 팜 스
프링에 왔다.

열아홉 살, 대학을 가야 할 나이니 어린 숙녀라 해야
겠다.

70명 연수생에 끼어 2개월 코스로 왔다.

초등생 때 부모와 미주 여행 중

엘에이 방문 때 그로브 몰에서 잠시 만났다.

그간 골프에 집중했고 지난 어느 해엔 홀인원 신기
록도 세웠다.

프로 골퍼가 되어 주 대열에 이르는 20세가 되기를
기다린다.

조카가 일식을 원했다.

팜 케넌 드리브에 패티오 히터가 가득한 야외 일식
집을 찾았다.

어둑한 불빛으로 감싸인 식당엔 사람들이 붐비고 있

다.

영어가 그리 불편치 않은 조카는 이야기꽃을 피운
다.

스케줄 상 외부와의 만남이 자유롭지 못해

그 저녁 후 다시 만남이 어려워 아쉬움을 안은 채

호텔로 돌아왔다.

아침 느지막한 호텔은 조용하기만 하다.

높고 낮은 산등성 아래 잔잔한 팜 타운은 한적하다.

더러 수영장에 노니는 몇 아이들이 그나마 파동을
던져준다.

귀가 전 가벼운 스케줄로 호텔에서 여유로운 쉼을
얻고 있다.

내일을 떠올리면 벌써 몸과 마음이 복잡하다.

조용한 시간이면 언제나 그렇듯이

노년의 너그러움 한가로움 행여 그려본다.

함께 따라 오는 영상은
어김없이 나를 휘감는
후회스럽고 지워지지 않는 아픈 회상들
필름처럼 끝도 없이 꼬리를 문다.
잊혀지지도 않고 잊고 싶지도 않다.
섭섭함의 여운 모두 내 것이다.

그래도
꽃이 아름답고 음악이 감미롭고
악몽도 덮는 따스함이 있음은
사랑이 있음이라.

아름다운 자녀들이 곁에 있어
오늘이 감사하고
행복하다.

수박

당돌하고 뺀질한 너희들
검초록 죽죽 얼굴에 그리고
잔뜩 배들 내밀고 거만하구나.
뱃속은 붉음으로 가득 차 있다니
분노인가 타오르는 연민인가.
끊임없이 군밤을 먹여도
묵묵 답답 성낼 줄도 모르네.
한번 툭툭 군밤을 먹여본다.
청량한 맑은 소리
가만히 안아 보니 묵직하다.
쪼개 보니
핏빛으로 가득 차 있네.
어찌 그리 시원하고 달콤하냐
당찬 수박아.

Joshua Tree Park

형형 각양의 돌벽 바위 곁을 지나
발 앞 뿌리가 푹푹 빠지는
굵은 모랫길을 벗어나

석양을 안고
조슈아 트리 들판
드넓은 대륙을 가른다.

대륙 종횡으로
낮이나 밤이나 쓸쓸하게
버티고 섰는 가시 송이들아.

사막의 비바람에도
메마른 돌풍에도
불볕 태양 아래에도

너 가시 뿔송이들

끝없는 마른 광야에
그렇게 버티고 서 있구나.

파도 세례

어느 토요일
더크웨일러 해변가에
중세기 풍경이 펼쳐져 있다.
넘나드는 파도 가운데
긴 옷의 성직자가
모래사장을 향해 섰고
앞에 두 사람이 마주 보고 섰다.
흰 가운을 길게 입은 이가
물에 들어서자
성직자는 머리를 받쳐 들고
양 옆 두 사람이 양 팔을 부축하고
파도가 밀려들자 뒤로 젖혀 물속에 눕힌다.

물결이 밀려나간 모래톱으로
흰 옷이 기어나온다.

하늘에는 바닷새가 선을 그리고

크고 작은 물결은 춤을 춘다.
끝없는 해변에 이끌려
내 눈길 한없이 가고 있다.

파도는
흰 옷을 새 사람을 변화시켰겠지.
길고 긴 갯벌
넘실거리는 물결
이슬 머금은 바람결
아른한 지평선
중세에도 지금도 여전한데

세상 허물 여전하다.

친구의 마지막 길

내 머릿속이 하얘졌다.
가슴이 텅 비어버렸다.
그렇게 간절했던 것들이
그렇게 즐거웠던 것들이
마지막 호흡과 함께 사라졌구나.

누가 그를 기억한다면
누가 그를 사랑했다면
무엇을 추억할까?
슬퍼하던 그를? 철학하던 그를? 쥐처럼 분주했던 그를?
이젠 무의미해져 버리는구나.

못다 이룬 사랑
못다 한 말들
가슴속 깊은 덩어리들
소리없이

묻혀 버리는구나 영원히.

이제 홀로 갈 길
그대 본향
멀리 아련하기만 하구나.

꿈꾸는 엄마

팔베개 한 엄마 품속에
젖을 문 아가가
발가락 조물조물거린다.

잠든 아가는 젖꼭지 물고
입과 눈망울이 실록샐록
엄마 실눈도 가물가물

문지방 넘은 아가 신나게 달리네.
멍멍이도 깡충깡충 문지방 뛰어넘어
앞서거니 뒤서거니 어디를 가나.

시냇물로 첨버덩 뛰어들어
신나게 물장난하고
멍멍이는 물가에서 머리만 갸우뚱.

멍멍이와 아가 꿈꾸며

빙그레 웃음 흘리는
꿈꾸는 엄마.

인생의 길이

삶이 길고 짧음은 어디에 두고 하는 말인가.
젊은이는 너무 짧다 하고
늙은이는 너무 지루하단다.

한낮이 내겐 너무 빠르니
나는 아직
젊었단 말인가?

사랑도 아쉬움도 즐거움도
이렇게 소중히 모두
나를 잡고 있는데

가는 세월 잡아둘 수 없고
되돌아갈 수는 더더구나 없는 것
나를 기다려 주지 않는다만

젊은 날들 구름같이 흘러갔지만

지금도
나의 하루는 여전히 매우 소중하다.

누가 뭐라 해도
내 삶의 길이는
짧은 것만 같아.

머스타드 숲

종종 걷던 공원 오솔길
늘 잔잔하던 풀섶이
오늘따라
울창한 수목이네.
종종 내리던 비가
목마름을 잊어버리게 했구나.
언덕을 덮은 머스타드
나를 숨기네.
깊은 숲속에 안겨
너한테 속삭여준다.
무한의 가능성
내가 본다고.

할리우드 볼의 여름밤

흐르는 멜로디

별빛
하늘에 반짝이고

미풍은
뺨을 감돌고

멜로디에 젖는
여름밤

깊어만 가네.

늦었지만 둘이서

수필 공부를 함께 해 오던 문우들이 각각 자서전을
펴낸 후 시창작교실에서 시 쓰기를 시작했습니다.

그중 네 사람이 연말을 기해 함께 책을 묶기로 했지
만 한 분이 갑자기 작고했고 또 한 분은 가정 사정으로
타주에 장기 머물게 되어 본인의 시 마무리 정리조차
어렵게 되었다며 남은 두 사람에게 너무 오래 기다리
게 할 수 없겠다고 양해를 구해 왔습니다.

남은 둘이는 각각 90세와 80세를 넘었기에 더 지체
하는 것이 옳지 않다는 생각에 일단 둘만이라도 함께
시집을 묶기로 결정했습니다.

2025년 2월
강금순, 태란영

디아스포라의 그리움, 노년의 글쓰기
─ 2인 시집『함박눈 내리는 날』을 추천하며

홍영옥
(소설가, 전 미주한국소설가협회 회장)

강금순 요안나 작가는 1930년 함경남도 단천에서 태어나 6.25전쟁이 나기 전인 열일곱 살 때 월남했다. 50대 초반인 1981년 1월 미국으로 이주해 지금까지 살고 있는 재미동포이다. 팔순에 글쓰기를 시작하여 수필 신인상도 받고 자서전을 출간한 바 있다. 2025년 『미주문학』 신인상 당선으로 시인도 되었다. 현재 90대 후반에 들어선 나이에도 오렌지카운티 한국순교자 천주교회를 다니며 글쓰는 일을 게을리하지 않고 있다.

태란영 작가는 1938년 서울에서 태어났다. 1960년대 중반에 결혼을 했고 1971년 가족과 함께 미국으로 이주해 지금까지 살고 있는 재미동포이다. 로스앤젤레스카운티 메디컬센터 수술실에서 20년간 수술실 간호사로 일하다 2003년 65세에 정년퇴직했다. 그로부터 10여 년 뒤에 글공부를 시작해 시와 수필로 공식 등단했고 자서전도 출간했다. 현재 80대 중반의 나이로 하와이안가든 주님의축복교회에 다니며 창작에 열중하고 있다.

강금순 작가는 45년, 태란영 작가는 55년을 각각 미국에서 살고 있다. 반세기, 미국에 정착해서 산 세월이 만만했을 리가 없다. 고향에 대한 그리움도 여간 아니었을 것이다. 그러나 그런 어려움과 불편함과 그리움을 가슴에 품고 식구들 뒷바라지하면서 살아내는 일에 매진했을 것이다. 그런데 놀랍게도, 남들은 이제 그리움도 접고 꿈도 접을 나이에 뒤늦게 모국어로 글을 쓰는 일에 뛰어들었다. 만년에 이르러 공모전 당선을 하면서 본격적인 글쓰기에 나섰다. 이번 시집에는 고국과 고향에 대한 그리움을 담은 시와 고단한 미국 생활의 슬픔과 위안을 담은 시들을 실었다.

삼팔선 넘어 이천리 한양 길

열네 살 남동생 손잡고
안내원 따라서 집 떠나던 날
함박눈이 펑펑 내렸다.
어머니는 짚신과 지팡이를 챙겨주시며
어찌 되든지 잘 먹고 정신 바짝 차려야 한다고
열일곱 나를 꼬옥 안아주셨다.

기적이 울리고
기차가 안 보일 때까지
손을 흔들며
함박눈 속으로
가물가물 멀어져 가던
어머니.

아흔네 살인 지금도
눈 내리는 날이면
함박눈 속으로 아스라이
내려오시는
우리 어. 머. 니.
— 강금순, 「함박눈 1」 전문

강금순 작가의 「함박눈 1」은 열일곱 살이던 작가가 열네살 남동생과 함께 삼팔선을 넘기 위해 정든 고향을 떠나던 날을 회상한 시이다. 어린 남매를 떠나보내는 어머니와 길 떠나는 남매의 모습이 잘 살아나 있다. 그날 내린 함박눈은 가족들에게 평생 잊지 못한 아픔으로 각인되었을 것이다. 특히 남매를 보내는 어머니의 심정을 생각하면 영원히 잊지 못할 장면인 셈이다. 물론 가족들은 나중에 서울에서 재회했다. 그러나 강금순 작가는 함박눈 오는 날 어머니의 배웅을 받으며 고향 떠나던 그 열일곱 살의 마음속에 있다. 그것은 다시 가지 못할 이북의 고향, 가끔 가보기는 했지만 이제는 방문할 꿈을 접어야 할 고국에 대한 그리움과 같은 크기로 살아있는 것이다. 이때 '어머니'는 강금순 작가의 어머니이지만 두고 온 고향, 다시 가지 못할 모국에 대한 총체적인 상징이라 할 수 있다.

명태는 형제가 여섯이다.
동태 명태 생태 황태 북어 노가리새끼.

황태는
엄동설한 덕장에서 모진 고역 치르고야

황태로 변한다.

잘못 타고 나왔나

방망이로 뼈가 부서질 때까지

매를 맞아야

비로소

솜털같이 연한 먹거리로 밥상에 오른다.

— 강금순, 「명태」에서

「명태」는 바닷가 고을에서 살 때 명태 반찬을 먹던 시절을 회상하는 시다. 명태는 모양이나 건조과정에 따라 여섯 가지 반찬을 차림할 수 있는 어종이다. 남매들은 어머니가 차려주는 다양한 명태 반찬차림을 앞에 두고 맛있게 먹으며 행복하게 성장했다. 아주 오래 전 추억이지만 작가의 기억에는 생생하다. 명태는 동태도 되고 황태도 되고 북어도 되고 노가리도 된다. 그렇게 변신하는 과정은 곧 고향집 사람들, 어머니 아버지의 거칠고도 포근한 손길이 관여된 것이다. 강금순 작가는 고향 떠난 지 70년도 더 된 그때를 회상하며 돌아가지 못하는 고향과 만나지 못하는 부모에 대한 그리움을 가슴에 품는다.

어느 날
배가 아파 쩔쩔매는 어린 딸을
애처롭게 바라보던 엄마가
바느질 바구니를 밀어놓고 등을 돌려주셨다.

엄마 등에 올라
눈을 감았다.

아프던 배가 편해지고
잠에 빠졌다.

따뜻하던 엄마의 등
아, 그리운 엄마!
— 태란영, 「엄마의 등」 전문

　태란영 작가의 「엄마의 등」은 어릴 때 갑자기 극심한
배앓이를 할 때 경험을 다루고 있다. 병원도 약국도 멀
리 있던 시절, 부모님이 알고 있는 민간요법을 쓸 겨를
조차 없을 때는 엄마의 몸 자체가 치료제가 되었다. 이
시는 배가 아파 울기만 하던 딸을 업고 어르고 달래는
엄마의 표정이 그대로 살아있다. 신기하게도 엄마의

등은 실제 배앓이를 낫게 하는 명약이었다. 엄마의 손
길, 엄마의 따뜻한 등은 그 어떤 약보다 효험이 컸다.
그것은 엄마라는 존재가 지닌 절대적인 힘이다. 우리
는 모두 그런 엄마 품에서 자랐다. 태란영 작가는 자신
의 배앓이를 따뜻한 등을 내주어 업히게 함으로써 낫
게 한 엄마를 그리며 이 시를 썼다. 그만큼 구체적이
다. 그러나 이 시는 그것에 그치지 않고 우리를 엄마의
사랑 속에 많은 간난을 극복해 낸 우리네 어린 시절을
눈물겹게 떠올리게 한다.

해방이 되자마자
초등학교에 입학했다.
짧은 문장 하나를 열 번씩이나 써오란다.
쓰고 또 쓰고 나서
매번 아빠에게 보여줬다.
그때마다 아빠는 아주 잘 썼구나 하셨다.

문장 한 구절을 읽어 오라고 했다.
아빠와 마주 앉아서
읽고 또 읽었다
아빠는 매번 아주 잘 읽었다고 하셨다.

— 태란영, 「아빠」에서

「아빠」는 해방되고 초등학교에 입학해서 처음 한글을 배우던 날을 회상하고 있다. 일제를 거치면서 한글에 '까막눈'인 한국인이 80%가 되었다는 통계가 있다. 짧은 문장을 열 번씩 베껴 쓰는 숙제를 하면서 아빠한테 봐 달라고 하니 아빠가 매번 칭찬해 주신 걸 보면 아빠는 일제를 거치면서 한글을 또렷이 지켜내신 분 같다. 그러기에 아빠는 쓰기 숙제에 격려해 주시고 읽기 숙제에 함께 읽어주신 것이다. 태란영 작가의 이 시는 그 아빠와 한글 쓰고 읽는 초등학교(소학교) 신입생 때를 되살린다. 정겹고 그리운 아빠가 아닐 수 없다. 그것은 태란영 작가 개인의 추억이지만 동시에 어린 날 우리에게 온몸으로 가르치고 칭찬하던 아버지를 환기시키는 아빠다.

강금순, 태란영 두 분은 모두 이민 와서 한창 일을 할 때는 따로 글을 쓰거나 하지 않으셨다. 고령에 이르러 뒤늦게 글쓰기 공부를 해서 자기 자신의 삶을 돌아보는 자서전 쓰기부터 시작했다. 사연을 이어 쓰면서 한 권의 자서전을 만들 수 있었다. 그러고는 거기서 멈

추지 않고 수필을 썼고 또 이어 시를 비롯해 다른 장르에까지 창작에 임했다. 두 분 외 몇 분이 함께 공동시집을 내려고 준비하신 것으로 안다. 그 과정에서 돌아가신 분, 타주로 이주하신 분이 계시다고 들었다. 두 분은 그러나 이렇게 시집을 낸다.

두 분은 고향을 떠나 이민자로 오래 살았다. 모국을 향한 그리움이 6.25전쟁 이전에까지 가 닿는 분이다. 구절구절 옛 시절을 향한 그리움이 배여나온다. 한편으로는 20세기 전반에서부터 21세기 현재에 이르는 시대의 생생한 증언이 되기도 한다. 이로써 두 분의 작품은 디아스포라의 글쓰기이자 노년의 글쓰기로 모범이 된다. 두 분 2인 시집의 상재를 진심으로 축하드리고 모두에게 일독을 권한다.

함박눈 내리는 날

초판 1쇄 발행 2025년 3월 1일

지은이 강금순 · 태란영
펴낸이 임현경

펴낸곳 곰곰나루
출판등록 제2019 – 000052호 (2019년 9월 24일)
주소 서울특별시 양천구 목동서로 221 굿모닝탑 201동 605호(목동)
전화 02 – 2649 – 0609
팩스 02 – 798 – 1131
전자우편 merdian6304@naver.com
유튜브 채널 곰곰나루

ISBN 979 – 11 – 92621 – 19 – 7 03810

책값 12,000원

· 이 책의 판권은 지은이와 곰곰나루에 있습니다.